日光夜景

嚴韻

嚴韻
2010/02/23

目錄

二〇〇五

二〇〇六

二〇〇七

二〇〇八

二〇〇九

特典

日光夜景

四月

四月有一種遲疑的暗示
猶豫著不知溫涼
感情在不同的比例尺陸續試爆
實驗數據藏匿在眼睛後漂移的羅布泊
腦波深處有細長的手指伸出水面
纏生藤蔓在我今天蒼白的臉上
路標明言：此地不存在

但皮膚底下有濃煙緩慢焚燒
秘密落滿浴室的磁磚地，然後流走
在下水道交換密碼繁殖新的菌絲
我咬住枕巾阻止叫喊的聲音洩露

黑暗中看見月曆上面目模糊的
五月正在靠近

而六月之後就是那個漫長的夏季了吧
我背著沙漠愈走愈遠
還是鏡子愈走愈近？
舞踏如蛇的海市蜃樓裡
有人曾經溫柔撫過我的名字

北方

萬哩以外的聲音
在馬路上結霜
有陌生人遞給我一張透明的微笑
無論如何
我都該告辭了
自面具襤褸的戰場

夜的殘骸旁邊
或者是淡漠的光倒退
大雪崩散，我彷彿聽見機場廣播說
愛上一個人是不吉利的

沒有名字

於是我撿起一片紅酒浸泡的睡眠
吞食之後提筆寫詩
我的飢餓是如此巨大
眼神的折射熱已不再能碰觸微血管壁　像
落葉親吻地面

有人在窗外敲打玻璃
但也許是風
日蝕的季節一切都很難說

很多很多句話外面
我的聲音在一個遙遠的地方爬著樓梯

所有可能的「過去」和「曾經」

所有可能的「過去」和「曾經」
突然湧現在你的掌心
風景柔軟　而
紋理細密
在我試著閱讀某人的命運的時候
線索通通沈陷於
我喝不完的咖啡泥濘裡
微笑和微笑的相遇
就像是兩片落葉的
迴旋步伐中的一個吻
然後我們對著鏡子又笑了
當月曆上的詩句都被唸完

人群在身邊永遠地漲潮
讓我們到陌生的城市裡散步去吧
找一條有彼此體溫的街道

18.

街景實況

明年聖誕節的昨天
應該不會再做著
前年夏天的夢吧。
地下鐵都會慢下速度進站
避免壓碎一些人的眼淚
警察局在牆上到處貼滿告示
通緝日記簿裡走失的兩句話
我在便利超商翻開一份晚報
有的表情缺少新聞價值
發票拼錯了你的電話號碼：
叮咚「謝謝光臨，祝您中獎」

迷城

大雨落下來的時候街道開始溶解
照片上的顏色列隊走進唇筆
燈一路跑上公寓
並沒有目擊我們哭泣
竊竊私語的魚群從樹梢經過
黏貼枯萎郵票的天空邊緣
據說先知在廣場那裡散發關於今生的傳單
我們走上前去
被種植在手心的卻只有一枚
蒼白的舌頭

背叛

那天晚上我們冒雨過街
說好去看最後一場電影
淋到濕透
才發現牽著是別人的手
燈光突然就熄了

遁走

她說她終於決定要搬去月球，因爲
說她終於要搬去月球因爲
終於搬去月球因爲
終於　月球　因爲
因
。

千零1／Schehrazade

這是第一千個夜晚來到這片沙漠。月光在皮膚上敷了一層薄薄的鐵。被風細細嚼碎又吐出的足跡們在四周靜靜注視著我。

井旁邊，蛇蛻下黑影是斷成一千段的繩子，供我打撈沈在水底的以一千隻眼睛爲幅度而擺盪的映象。

灰藍色的沙子從我拚命握緊的手掌上拚命流走。

而我總是在打好第九百九十九個結的時候醒來。

測試低限，又叫做憂鬱症患者的陶藝教室

來到泥淖的這一端，最討厭
的東西是
一大群吵鬧的蚊蚋
而不是
死

然則怎麼會發現呢
那種僵涸的速度
和失去顏色，觸手冷澀
全部的土腥味

於是就

當然不
之所以
滿地裂縫
釋吐蒸汽

鬼故事

她被殺死以後便開始爲自己守寡
並撫養一顆頭顱作爲遺腹子
這樣的生活是困難的因爲
沒有奶水只能餵她以發苦的井水
她吃著影子長大得很快大得像風一樣
她基本上變成透明了同時
拆撿身上的骨頭生火
取暖。

致某人

照鏡子的時候我發現一個全身黑衣的女人從我臉上走過這其中的深意委實太過明顯令人戰慄且令人疲倦。天逐漸亮起來的時候我在想即使貓也很難成爲幸福的擋箭牌雖然牠們那麼溫暖柔軟而且是一種走動的不能理解的邏輯。我把日記本通通燒掉把筆折斷但眼睛仍然像牙齒咬著的彈珠發出格喇格喇的聲響。夢裡騎著脚踏車到了好多地方眞是愉快又一點都不覺得累但那人跟我說妳果然沒有救了語帶威脅語帶嘲笑。

於是我就哭了一邊洗澡然後寫了一
首詩題目叫做。

Tango cliché

一個人躺在自己的影子裡
兩個人就擁抱
就說些哦原來你也在這裡嗎的話
夜晚倒數而至而至早晨
始終兩個人兩個
人
三個或更多
躺在自己的影子裡
一個人就擁抱空氣
就　其實
也沒有說什麼

其實我們也可以就這樣走一走

其實我們也可以就這樣走一走
遠遠亮著燈的窗經過，那些
不笑不咬不摸不坐的事
不關於什麼人不指定
任何時間不眞正發生在
某一個城市
的你和我和他她們
不左顧右盼
或翩翩起舞
不交叉翻滾跳進
另一個懷抱而且當然是
附有註解的那種房間

把我們的善意和頓挫
折疊包好裝進午餐盒
走到我們幾乎可能想像未必
從來不曾再也不曾
去到的地方

寫給她

來過又走
所謂的奇蹟
狡猾習作
所謂的快樂
想像中燒毀千百次的
蟬蛻的夏
穿過無數頁交疊字跡依然浮現的那人
是失傳的香水

Manifesto恰恰恰

因爲聽說革命不能刷卡
他們就走了帶著LV旅行箱
和Tiffany水晶蘋果
也沒有餵貓
只留下三車切・格瓦拉香水
我們決定用可口可樂復刻版玻璃瓶
製作摩洛托夫雞尾酒
接頭暗語則訂爲
「統一兎，
托洛斯基在裡面」
你可以合體變身或者蒙面前來
歡迎僞鈔但是（再說一次）不收信用卡

等到大風吹的音樂響起
切記要搶最高的那張兒童椅
然後戴上冰淇淋捲筒小紙帽
吹著紙捲拉動紙炮
前進前進爲了親愛的人民共和國
在麥當勞禁菸區辦一場勝利慶生會

某執念

她騎脚踏車每天
經過長的堤岸和高的樹
太陽在海上迢遙落下
落在早已消失的小船裡
有時候颱風有時戴帽
有時影子成群結隊
有時候就老了
而她的脚踏車和她每天
一再經過同一天
終於它累了，她也是
就沿著輪子走去
在過去的一個懷抱　睡下

再也沒有離開

※記一部曾讓我在電影院的沉默黑暗中莫名、突然、劇烈抽泣的動畫短片。

倒退播放（的吻與吻之間）

前於火焰
前於燭芯
前於手
前於某些零亂或細碎的舞步
前於砰然打開的門
前於夜涼的頭髮和影子
前於風
前於氣味
我們稱爲開始或者記憶的那種

The anatomy of

再度來到這些從不曾來過的街道
你抱著我像一條幻肢
有些事永不退流行
譬如幸福的廢輪胎毒不可燃
而我們淚流滿面
顯然出於某種不可告人的習慣
一次又一次把迷路力竭的
那兩個孩子留棄在沙漠
回頭仍然瞥見骨白的糖果屋

感傷的音樂

——「萬事美好」

是那麼老套
她摔碎自己像只玻璃瓶
吮著他年輕的淡金的髮
另一個他喝酒
假裝沒聽見撕裂的聲音
北地的夏天已經過去
正如我們所知的這樣短暫歡悅
他們曾經一起唱歌
但各自穿過火焰
我問，你難道不想談談嗎
他說也許等長大以後，我再把

電影的名字

告訴妳。

單選題

廣場並不
擁有天空
旗幟也不解釋風
那些拿麥克風的人
不比你多知道
關於城門雞蛋糕
他們擠在一起像
桶裡豆芽絕不可見光
只能爭相伸長脖子長出蒼白的臉
證明潮濕幽悶的理想曾經發生
但你其實不是
一定要跳方塊舞

在集團婚禮上
排隊領取花瓶和冰箱
然後煮飯生孩子收看call-in節目
的黏膩
他吐葡萄皮用傳單包著
沿街拜託換你的燉凍豆腐之類
總之那真的不
你就盡量別
不見得除非不知道沒意見尚可
或者以上皆否

XS

有些日子她是只漏水的瓶
一切重力向同一點流去而夢境
只能解決部分問題
叫聲穿透窗戶
便成了雨
貓的毛皮柔滑
你不知道她可以一口氣
跳上桌子衣櫃屋頂或三樓陽台
同時用全身的眼睛看你
眞的，有些日子
她只是漏水的瓶
當一切重力向同一點流動

43

等待射日的箭
脫手來迎

Shaggability

今天有人帶來兩條鮮魚做了些
曖昧又顯然的提議
我說抄襲是不可取的而且
我又不喜歡吃魚
其實我眞正想做的
眞正熱血沸騰想做的
是玩一局好的拼字遊戲
只用三塊方形小木片成功
打出困難的字母並且
一舉贏得三倍分數同時
還順便教給對方新單字那樣
謙抑又優雅的得意

如果被問到啊你是在哪學的舞呢
那就打個蝴蝶結謝謝他
但太重視隱喻
也可能是個問題
畢竟我們很難解釋
難道要我哭給你看
我只好安慰他說
是我的貓不喜歡你的狗吧
然後他就回去了

101次求歡

「到底是怎樣呢」
他喃喃說著
螢光幕上的圓圈顫動
終於插入
從此幸福快樂了嗎
其實我想說的只是「讓我們不要交往吧」
而她岔開大腿
也只是爲了演奏大提琴
畢竟玻璃蘋果很難咬動
愛意或愛液也無法源源不絕
他不或不肯相信這不是撞卡車就能解決的事
(說了這麼多個不還是沒用)

我想白紗包裹充氣娃娃或者僵屍都好
但可能被指責過於沈迷陰謀論
於是他們流著淚緊緊擁抱
在多次徒勞乾燥的嘗試之後
不得不達到高潮。

遠方的燈光

因爲要以最
迂迴的方式趕去那裡
我們在陸地上行船
一個所有方向
都是同一方向的
海市蜃樓的倒影
背對著轉圈
而互相點頭的
一種移動。
一種坦白話語
又特有的
無傷大雅的絕望。

窗畫在船壁海鳥
畫在天上
有時風吹得快了
我們便好像
在飛。

旱季

觸摸
乾燥
如
陰道
文字
蟻行
出
鼻孔
書本
堆塊
有
屍體

夢境簌簌成粉
被蝗蟲帶走
反白陰影

低級笑話

新發現白頭髮是
社會寫實發現白色陰毛
則變成鬧劇
你感到震驚羞愧進退維谷
拔也不是
不拔更不是
某種氣憤傷心幽愁暗恨
不知爲何要被這樣踩痛脚
又是誰
就好像
隔牆聽見鄰居的狗放屁那般
尷尬委屈　到頭來

毛囊能說的畢竟很少
如果你不想笑
那就別照鏡子
只用三分之一眼角看鐘
試著在電梯門打開以前
繼續大家都在重複的事

捉夢

進入夜晚，一群斑斕炫麗的蛾在她面前飛舞，近在咫尺繽紛奪目，顫動的觸角纖毫畢現，像一對對精巧極微的嫩葉。

夜復一夜，飛蛾愈來愈巨大詭豔，她深信自己在那些幻彩流轉的條紋眼斑裡看見某種從不曾爲人所知的意義，在沾染了陣陣燐粉的黑暗中飄浮。她愈來愈渴望捕捉至少一隻也好帶回白晝的世界，細細分析解譯層層纖薄翅脈中的秘密。但無論如何伸長手臂，飛蛾永遠在指尖可及的恰恰分毫之外滑過，儘管群翅拍振的氣流那麼眞切地朝她臉頰撲來。

終於，經過無數焦躁挫敗的早晨，她決定挖出自己的雙眼。從眼洞後的頭顱裡倒出滿滿一堆白白小小其貌不揚的繭。

她用刀尖挑個小洞，剪開繭。一枚表面光滑的棕褐色橢圓蛹落在掌心。

她一刀切開蛹，蛹變成一灘濃稠的乳黃。

她切開另一個蛹，又一個，每一個。終於只剩下滿手逐漸凝結的腥臭漿汁。

從此之後，她再也無法入睡。

事件

退潮以後
裸露冰漠
風如沙丘
無法標記
影子是門
行走永遠
也只在門檻
只有舊雪
吹進或吹出
一再將你掩埋

和室

水在皿中
花在皿外

手在花間
花在眼前

茶在煙下
煙在眉心

杯在手旁
花在茶裡

不可告人

他們有種壞習慣他們會集體不看你
譬如櫥窗裡扒光衣服的假人
或者攤子上排列貼身的魚
他們知道你在他們就是不看你
一點不像你家的狗眼神那樣坦率堅定
他們的頭髮竊竊私語
往彼此菜籃投擲密碼訊息
他們一定知道你
知道他們知道你知道
些什麼
偷換乾洗店收據
企圖調出腦袋裡錯誤的那一件

塗改報紙日期暗地移動路標
等等居心叵測欲蓋彌彰的嘗試
於是你別無選擇
只有練習奔跑
直到奔跑超過氣味
奔跑超過那些聲音
奔跑超過記憶
就將可以在鏡子裡
嘲笑他們的徒勞

Séance

——寫給Angela Carter

謠傳妳跟夜晚私奔
我在鏡子這端拚命呼喊
又派出心愛黑貓兼程追趕
但風坦白以告「她
不會回來了」於是我們
一路撿拾飄散落雪的玫瑰花瓣
——血紅，珍珠白，絲綢柔滑——
筋疲力盡回到城堡
桌上留一副牌排了一半
王后小丑都焦急看我
要我學會唱歌

別人的深褐相片裡妳
瞇眼打量我
點起蠟燭
摘下辮梢鵝毛筆
蛛網灰塵厚厚日記掉出三片
薄薄透明心形陰影，在
妳的五芒星符咒裡
水晶吊燈輕聲搖響
玎玲，一百隻月亮飛進窗戶
當我在ouija板旁坐下
開始聽寫

大法師續集

聽著我沒有辦法轉動
我的頭三百六十度我不是
喜酒桌上大轉盤供你們
檢視挑選各式剩菜
或者用符咒打包回家
然後聖水漱口保持
嘔吐後口氣清新儀態端莊
而頭上戴圈和頭上生角的
那兩個其實並非謠傳的情敵
但也都愛看八卦週刊秉又
不好意思讓擁戴群衆失望所以
維持某種三台默契所以

在我的私人片場他們只是
哦好巧擦身錯過
大家不必多慮禱告看風水
拜求香灰綁我以束縛緊身衣
等等我將騰空懸浮
反折身體倒退奔下樓梯
之類令人興奮顫抖的特效在
不同聲音的高低自語中
熱烈擁抱吞食來者
我與永不驅逐離析的我

不見

——致p

有人半途下去買花，列車重新開動時沒來得及趕上。

車過鐵橋，你在匡噹噹聲響中睜開睡眼，看見對面的空座位，朧朦怔忡片刻。

又經過三站，你覺得口渴，順便幫對面還沒回來的人也倒了一杯水，放在窗台邊。

等到國境也倒退著離開，你才逐漸醒悟，他似乎不只是暫時去餐車買個點心或者上個廁所而已。

你發現自己並不知道他原先的目的地，也忘了他從何處上車，還有，那座擺攤子賣花的月台究竟在哪個小鎮？

車廂裡只剩幾個行李箱排放在一角。讀到一半的書面朝下趴在椅面。

列車繼續奔馳，離出發和抵達都遠。你很想打開窗子，把那本書丟遞到什麼地方。

同時希望，那個中途意外下車的人會在什麼地方、什麼時候寄來明信片。

水族

——再致p

夢裡水是方形
他在外邊的空氣泅泳
留下電腦和手機螢幕上空白人形
像播放多次磨損悲傷的卡通片
我會不會
他有沒有
大家都在都想
他用報紙折成小船
我們看著天不辨方向
經過一顆消失的星
許多不識的隕石連成星座

成為那則沒接到
留言中事後充滿意義
的那句被貓腳步
悄悄蓋過變成空格
連綿數月的
雨聲

A certain kvetch

最熟最熟的果實
從哪一秒開始腐爛
什麼時候我們說喔現在
來到折返點，儘管
不知道全程多長因爲
大家都背對終點線前進
那些以前恥笑過不以爲然
那些缺乏新意一再重複
大家也都陸續蛙跳進入
就像舊衣舊鞋舒坦習慣不求長進
比你更有你的形狀
每天不假思索穿上你

確保陌生口味獲得熟悉的誤解
但這就是
正在變成過去的未來嗎
萬一你根本走錯攝影棚怎麼辦
而別人也都努力對了詞
萬一其實沒有萬一怎麼辦
其他全是拉洋片你曾深信不疑
直到箱裡只剩下
你和你的扁平風景
或許又有另外小孩
湊近窺看

所謂暗戀

——這裡很多詩背後都有人，或者說這裡很多人背後都有詩。只是
他們通常並不知道。

我們總在熱氣球上騎脚踏車
又倒著拿望遠鏡
她說這是徒勞的，但也
無法否認其中的物理性
比方羅盤轉向負的座標
以及北極光不能預告沒有目的
可是來的時候極度美麗
之後大家根本懷疑自己眼睛
的那種小小哲學時刻
如果你推牆不動你沒有做功

如果牆想念你則不在此限
(但這事只有牆知道
你或牛頓都不清楚)
總之熱氣球不常出現
雖然影子很大
緩慢掠過
慢慢
過去
也就算了

Shall we dance

他前進一步二三四
她擊掌轉圈二三四
眼角餘光
同時各自
檢查鏡中側影（墊步）二三四
接吻欠優雅
牽手太多餘
於是他們
傳遞一朵
紙玫瑰致意二三四
她微笑（這雙舞鞋開始擠腳）二三四
他挺腰（外面車子會不會被拖吊）二三四

影子長了又短
但音樂還沒有完
繼續相對迴旋
直到海枯石爛
在結束之前二三四
他們不能結束二三四

方舟

——寫給自助新村75號

回頭不可以　回頭
便將化爲鹽柱
或門口那根電線桿
曾有男生推單車站在那
被路燈看我們傻傻交談
後面紅磚牆一坑一窪
忘了鑰匙可以踏腳翻爬只不過
我們都已長大長高，一伸
就摸過牆頭摸到
長大長高桂花樹探出的手
（去年你們，你們剛穿新棉袍）

它曾經收下小寵物和眼淚
如今有些疲憊（可記得
池裡荷花變蓮蓬）
再往裡，咦，是三角梅架？
紗網車棚？綠色木門？
我看見六歲、十一和十五同時進出
整面打掉的牆，穿過
火車廂般長長房間
火車隧道長長時間
留下火車煤煙遠遠胎記
柱上鉛筆痕，一盞燈似曇花
一塊西瓜圖案磁磚
雨天爬進來的蚯蚓
後院玫瑰茉莉雞蛋花聖誕紅
熄燈一樣謝了

在除夕夜港軍艦汽笛中
跟每個去年一起
再也不回來

春日

陽光是貓新洗過澡
蓬鬆柔軟但不情不願
透明時間一如幻覺
從拍打的棉被慢速飄落
突然離地很遠
但你知道只是
有人撥錯號碼
於是回去睡覺
繼續熨整準備
鼠灰多和薑黃夏的流行

Love for sale

我隨她上樓
我不知道她會寫什麼
她，他，他們說自己的
他們不理我
然而櫥窗外來人要看
我穿上她他的幻想獨自表演
事後人們點頭離去留下微薄小費
留下我擦拭雙腿雙手之間
以他們我們的草稿
他們不叫我哦我親愛的娼婦
他們根本不知道我是他們的娼婦
而我是，是他們的

我們的你們的
親近陌生一如慣常的
翻過去的那頁紙

由零至二

混沌沒有眼耳口鼻
混沌擁有一切
無限可能的化約
針尖上跳舞的天使
它說：光
便有了光，羊水
而空氣

於是牠坐起像共工撞上不周山
爬行在馱負世界的龜背
牠攀緊你彷彿命運
你攀緊牠彷彿啓示

千年迢遙
來此萬衆荒漠相遇
一步，石破天驚
一個字
瞥見天堂

奔跑以致日出
抹過手印便成雲
當牠看見世界
牠要，牠有
牠是但牠不知道
牠只是是

吃下自己之後
她他將在鏡中出生

開口吐出珍珠寶石蹦跳青蛙
你知道你的童話正在成眞
時間微笑如狐狸
一覺醒來相簿都化爲樹葉
但你將仍能沿著葉脈
描摹小獸的曾經

蜉蝣

昨夜走過去了
看不到這個早晨的太陽
世界並不知道
今天少了一片影子
從視網膜漏出的殘像
叫做鬼魂
流在留在你的臉上
叫做悲傷
沒有陌生人的善意
我們只是流星
無法解讀的隕石殘餘
消熔在遺忘的大氣

The wake

樹記得
每一枚掉落的葉
天空擁抱
每一片流過的雲
我們不知道我們曾經
除非路上有人
爲你數過腳印
路上總是有人但大家
低頭看自己影子
手攥幾串結繩記事
繩結仍在而事已忘
化爲掌紋髮絲疤痕臍帶

繫住你在擺渡口暫時
與一些人遙遙相望
這是最長的守靈
爲葬在眼瞼底的那些
我們佇立，便成烽火
從回眺不見的細遠光點
微弱蜿蜒向前方的暗夜

尋人占卜

翻書三次見到同一張圖除了
命運送來暗示
尚須考慮裝訂錯誤的可能
是不是別人的夢夾進你家報紙
廣告某些天機即將大拍賣的優惠
其實我已收集許多點劵
期待兌換小學時代破碗片
參觀今年的樣品屋
抬頭看見示意箭頭You are here
之類
的通俗願望
或者隨身配戴投幣置物箱鑰匙

手機當作探測水源的杖
朝雨停方向拋擲三把貓食
也許轉角那面鏡
字的陰影裡
曾有昨夜說話的回音

補天

那時天和地不再分開
水運行在光上運行在闇上運行在
萬物上轉瞬間
水是好的水是壞的水是
然後天傾東北，地陷西南
火與血一路滾滾
偷走脚印撞斷哭聲
天破了，我們只能
剜出眼睛來補
只能牽起手說：我在
當黑色天使吹起海螺號角
岩石裂隙飛出腥臭蝴蝶

世界打著轉
朝水的渦心流去

杯弓蛇影

關於這種飛蚊症我想
大家都略知一二
無論做什麼想什麼總有人
忽焉在前忽焉在後
你有些狼狽又感覺小小得意
患得患失而可有可無
數算還沒孵出的小雞乃至於雞蛋糕香雞排
同時暗暗期望這顆其實是巧克力出奇蛋
這一切只因爲有誰
在你的鏡面上呵氣塗鴉
一陣風吹來三片花瓣
他有他沒有他有，如此這般

也許你一朝醒來大病一場
也許你賴床繼續棉被蒙頭
又或者你端杯一口喝乾那蛇
嘆氣開始另一個
頭暈發熱心悸耳鳴的循環

At last

雨終於下來了就像
天與地終於擁抱
焦渴的白色水簾中有人
終於走來
啜飲彼此的唇猶如歌聲
隨著呼吸節奏他們
旋轉接連暈眩的圓圈
冷熱交加，隱隱有雷
海市蜃樓搖擺似近似遠
在這個季節　至少這個季節
消失於地平線之前
有人可以說終於

風終於獵獵吹起就像
兩隻交纏的手，就像
我們終於遇見

夢魘

他騎馬從天空奔過
灑下憂傷如網
馬像睡那樣黑
雲像眼那樣白
我們在走不完的十字路口
等待某些開始或結束
而那到底是什麼呢
衆人喃喃嘆息，伸出
模糊的手指　觸摸
模糊的彼此
來回在
透明的影子

整齊地恍惚地疲憊地努力地
跟隨著空蕩經過
一同輾轉反側

蜉蝣（其二）

影子對影子
的影子說了什麼
我們來不及聽見
只有雨裡的落葉層層踩進路面
變成每個脚步的肌理
只有記憶的月光流動遍地清涼
盛滿這雙手和那雙眼
曾經我們合起來背對世界
短暫圈養小小的安全黑暗
然後我們突然又背對了世界
放走愈來愈遠的黑暗——
一隻毛皮紊亂的

瘦骨嶙峋的
留下餘溫的
黑暗

水銀

重的亮的快速的銀
快得倒回時間
回到不曾來過的地方
隨著龍捲風沙漏
逆向旋轉甩落
每一滴都是你都不像你每一滴都
反射自己，在
這裡和那裡
滾動和凝結的願望之間
似是而非的組成
攏不緊握不盡
一再切割

一再混淆
一再重複。

失物招領處

兩個人微笑著牽手走過
沒有注意我
但我知道他們，是的
他們和其他許多的他們
有一天會跑來，氣急敗壞
哭著嘆著或害怕怨恨著
質問我東西呢東西掉在哪裡
哪一站哪個月台
我慢吞吞端出一箱什雜
好像都很類似都很模糊
大家手足無措百感交集
看自己紛紛枯朽風化

組成一片私人的共同的沙丘
默默被繼續經過的脚步掀動
大部分會迷路有一些不
那其他許多的他們
他們不知道
不記得
不相信
在這一天到來之前
以爲只有彼此
於是緊緊牽手走過
此外一切都是都只是
鬼火

而我們其實已經很久沒跳舞

而我們其實很久沒跳舞了
想來你也看得出
永晝的太陽下一切明亮美好
舞蹈難免顯得擁擠
總有其他的旋律要聽
其他的場景要填
我們笑著笑著
把舞鞋忘在樹梢
只風起時偶爾傳過耳語，模糊粗糙
誰寄來昔日DM
圖片令人感傷令人恐懼
背面一條黑蛇落款

恍然游動鑽進指尖
於是腦海裡轉著圈圈
踮起脚轉著圈圈
整個世界轉著圈圈
但不是那不是
仍然不是
因爲你知道
我們已經很久很久
不曾有過　這些時候

蛇

牠突然出現了牠說牠
其實從不曾消失
又並不存在
牠只是
一個影子在水底浮晃
忽遠忽近
忽深忽淺
淘洗不去打撈不起披瀝不盡
隨血液流動全身
變成一枚心跳或一次月經來潮
鑽進耳孔纏繞唇舌
瀰散竊竊私語的冷涼

妳追逐牠又驅趕牠
互相咬噬吞吐的圓
終於　都累了
便滑入夢中
輾轉
稍息

嘔吐

她抱某具身體
一口口吐出自己
身體很陌生
她也是
彷彿但已經沒有彷彿
一切隨口水牽絲
呈懸疑姿態緩緩滴落
胃液湧進眼睛
地板冷得無可挽回
她渴望在這硬空殼裡睡去
夢見自己繼續睡著
因爲嘔吐是疲累的暴露的危險的

而她不知如何優雅收拾
只垂著頭髮晃動發笑
在夜的沙啞食道裡陣陣推擠
一灘不成形狀
不明內容
微微散發酸腐熱氣的
反芻

Incommunicado

黑暗裡陣陣發亮的
一些可能
小心不去發現
就永遠是／有／曾
比方某個不確定發生過的聲音
來自那棵無人看見倒下的樹
但樹確實是倒了
至少你覺得它天天倒在你頭上
枝葉戳穿夢境刮口淌出汁液
之類難以說明的問題
所以你後退後退努力冒充沒有人
沒有人遺失什麼

沒有人記得
沒有人說
在反向的螺旋之中
尖叫最為可能的沈默

每個世界以不同的方式在破裂

每個世界以不同的方式在破裂
有的像冰淇淋融化，有的
糖果屋被四處啃嚙
雖然屋內可能半睹有大鍋吃人
但畢竟還是，你知道
當然某些人的太陽
和某些人不是同一個
恐怕這也是無可避免的事
除非民主的火山灰一舉
博愛地噴發覆蓋
大家以平等的尷尬
（而那尷尬其實又已不是他們的）

恐怕在那之前世界仍然
要繼續各自破裂
咻咻飛竄
沿著空氣的冰紋劈啪斷去
碎成千百片
重複向內映照的鏡

夜半童話

變成泡沫之前
人魚先有了
一雙腿。
可以張開的腿。
可以接受利刃之類的戳刺
就像她首次赤裸踩在陌生陸地
就像那把應該穿心的七首
夜深了沒有月亮
她聽見遙遠海的聲音
她感覺一切正在轉爲透明
她只能緊緊抱住
懷裡的火，一下又一下吞食

眼淚綻線滾成珠子
是她唯一的禮物
唯一的把握
唯一的證據證明
曾有現有或將有些
什麼，重要的
人，或一個影子
能夠終於打開她
困鎖在貝殼裡的聲音

Serendipity

後來你會發現那一天充滿預兆
一頁頁回翻紛紛浮現暗示
層層覆寫的羊皮紙
伏流河圖洛書
你不知道爲什麼發生
它只是發生
當別人開始使用過去式陳述句而你
忽然忘記動詞語尾變化
「您」與「你」的距離
學習招呼與道別的必要等等
有時候所有落葉一夕換季
或者花樹轉眼盛開

都是如此偶然如此必然
所以大家也不好反覆追問
等到每一張牌翻完
默默呆站一刻鐘或一世紀
走開
也就散了

界限

走了一大段路忽然來到一牆玻璃面對面
非常簡明易懂。
問題在於難免開始懷疑兩旁
是不是捲動景片
又四面八方其實鏡子交相倒映
某種遊樂屋的記憶或錯覺
棉花糖舔完就得結束。
你已經厭倦眼淚
厭倦陰影
厭倦GPS衛星定位
厭倦了厭倦
那麼還剩下什麼，除了

原途張望，原地踏步
或原點遣返？

Nonexistent

雙重影像的夏
蟬蛻傳出歌聲
「昨日一切似如此美好」
但那究竟是什麼時候呢昨天
你一路走
一路雨如葉落
羅盤指針開始旋轉
底片瞬間曝光
你說沒關係我來過這裡我認得
但腳下的浮島正在變成星球
包圍你以最透明最濁暗的日光夜景
你懷疑自己被寫進一則填字遊戲

所有縱橫迷宮將迎刃而解只要
是的只要找到，拼湊，破譯出
那一個正確的鑰匙詞
然後假以時日
水落石出
□□□□，之類
於是你一路走
一路葉如雨落
從碎散一地的夏
走向瀰漫懸浮的秋

個人的地獄

說來這房間簡單樸素功能齊全
足供你吃飯睡覺踱步發笑
沒人會看見沒人會注意
一些不太方便的事
牆壁逐漸合身
蛛網結成影子的蹼
漏雨汚漬愈來愈有你的輪廓
貓的步履交錯無聲
好像往事歷歷
你睜著眼
不知道是夢的中場休息還是
漫長的換氣，
上…氣…不…接…下…氣…

很擁擠
很陰險
你拉上窗簾關閉世界
打開冰箱找到空白的冷
和一罐乾掉的除臭劑
擰緊水龍頭在
氾濫一室的黑暗裡
張嘴流出發亮的蜉蝣
星星點點轉瞬而滅
一如曾經種植眼底的光
無論如何，這裡只有你
永恒現在
不斷複印不斷磨損
但簡單樸素功能齊全
想像沒人看見沒人注意
這種種不太方便的事

今冬大水

到處都荒了你
還要去哪裡
還能
叫喊什麼
夜如此濃稠
連睡都難以穿越
只有貓眼的石燈籠照著
你天地玄黃的佇候
只有廉價鬧鐘的冷冷絲竹——
就快來不及就要
老了——
水的顏色是鉛

水裡長長的髮絲或手指緊纏你的喉頭足踝
水太多了太多
浮屍漂流木
而日光爲火
你吃下火
你需要南瓜黃的土地與
白金淡藍的黎明
因此一切即將俱已曾經
皆／卻／仍如此濃稠無法渡越
收束在眼瞼內緩緩流轉的
萬花筒似的黑暗

彼岸

那什麼在呼喊你
在頂樓
在浮藻叢生的黑暗裡
某種做作的飛行
一再倒帶重播
蛇行的陰影鑽進鼻孔又從
耳朵汩汩流出
沿途產下死胎在，你知道
膏的上面肓的下面
有成語故事小人兒吊著膽囊打鞦韆
一脚一脚蹬出苦汁痛在
你他媽捉拿不到的地方

而那樓依然是個命題，那樓頂
那三分鐘可達的門戶
我能抗拒任何東西除了誘惑王爾德說
那屈服本身就是誘惑怎麼辦
畢竟誰要誰核可給分掛保證來著
又何事爲何非如何不可
是的我們皆是那裡或這裡的居民
因爲鏡子暫時在這裡的那裡
所以別僭越人家的燉凍豆腐
除非，直到，萬一，否則
就不吃葡萄倒吐房檐上掛刀塔滑湯燙
摔爛了人行道上的一灘燉凍豆腐

One more for the road

再來一杯吧你難道
不害怕
出去那條路
酒館內總是夜晚
外面也是
看得見走不到盡頭
前進的黑暗中
有時浮現暈黃燭火
也是一方與你無關的窗
其實這些也都逐漸熟悉了
某疲累
某猶豫

某小小努力和小小絕望
是那麼不足掛齒刻骨銘心
歧路亡羊殊途同歸
所以斟上吧，我的不認識的朋友
趁這首歌唱完之前
當所有的腳步必然而偶然
就是走
只是走
一直走
再來一杯給我的寶貝
一杯好上路

診斷書

——兼致b

想死趁現在我說因爲
現在只有你一個人
只有你
全世界和他們的狗走過
他們建議從事正當休閒
他們以爲疾病是你的嗜好
你不想照鏡子
有一口黑井在那裡
你找不到背上貼的惡作劇紙人
你就是那張紙人
那枚雪盲的洞，從

天空剪穿
雨下玻璃碎片在你
踏過摸過嘗過嚥過的每樣東西
這很難眞的我同意
你問爲什麼不要行不行
但這問題會讓大家尷尬無以爲繼
當你自轉永遠在地球公轉的反面
雖然我們也挺希望撥調齒輪消音塗改
回到爲什麼之前
所有破綻五星連珠險象環生之前
而我說——　趁現在
因爲——
現在——————。

Déjà, encore

我們曾直視那黑色火焰
眼底永遠灼下日蝕
目生重瞳，迎風而盲
通往夜的最深處
但偶爾，是的或者偶爾
也許也許有人輕輕走來
手指撫過就有了太陽月亮
星光與蜂蜜，遍地沙金
蠟筆寫就的願望鮮豔招搖
其實已經了啊你想
原來仍會仍在仍可能嗎
你竊竊私語

顧左右言他
若有所悟又佯裝不知
你悄悄攏住蝴蝶翅膀
掌中美麗脆弱秘密
是那人鄭重交付的心跳
於是怎麼辦呢於是我們
一寸寸飲下輕微暈眩輕微失重的溫暖
試著等待同時不等待
再一次，最後一次，第一次

夏末

你的吻嘗起來像火
而我已看見水底的沙
水清無魚，藍田日暖
一再重複的流動黑暗透明
從你的手指湧向我
質數之年蟄伏傾巢而出
變成聲音變成光
抵抗地心引力的虹
我沿路行來
撿拾千枚蟬蛻，占卜
羽化的甲骨文
卦 卦 不 吉

象曰：元亨利貞永劫回歸
再沒什麼可失去除了更多失去
而影子仍在太陽雨中纏綿
不知道彼此只是影子
不知道盛夏正消溶於自己的高熱
當歌的飛行一如颱風過境
席捲永夜偷走黎明
留下洗滌褪色的天
星隱有雲，一則眼淚漂淡的傳說

Meta.physical

那火是那麼火它
變成了白變成金變成
緩緩流淌的琥珀將我們凝定
觸角纖毛節肢膜翅
複眼轉動千百重對映
一雙貪歡的昆蟲
轉瞬不滅
這裡只有我們
沒有我們
那些體溫氣息聲音節奏
那些摧枯拉朽義無反顧
充塞充塞到最滿再滿不能再滿然後

零
我是零
你是零
然後
一
擁抱作首尾互啣的蛇
相信
而一切盡眞

無題

——讀北島《時間的玫瑰》

我沒有
看見過雪
我從不曾
吃下白色眞正進入
那方形的空

行李袋裡
是另一個行李袋
空白的請柬發黃
許多聲音的井底

你瞥見雲的眞實
而歌仍在要求吟唱
反身吟唱
儘管一切不斷重複
因爲一切不斷重複
當雨濡濕燈下的街
一隻黑狗
小跑越過自己的影子

The tyranny of love

——寫給嚴小K，和每一個別人家的小K

當你的眼睛像心愛彈珠磨損渾濁
鼻頭褪色
長日和昏睡守著你守著
安靜的家
當吠叫的風
和陌生尿痕不再送來無數密碼訊息樂此不疲
偶爾我的氣味會從哪個抽屜角落滾出
串起這些年這些時刻
你的身體是小屋子是大屋子
愈來愈小像記憶中的小學校園
愈來愈大你退在好多房間後面

在我懷抱遙遙相對
我們都等著什麼
假裝，寧可，不承認不想知道在等
你呢你也在等嗎
我在這裡，親愛的，你在這裡
你的夢裡
有什麼嘆息？
你的呼吸柔白溫熱
早拴成鎖鍊將我們馴化套伏
當你被歲月軟禁
當我們被你軟禁
當愛的風化歷歷在目不絕如縷
我的心臟標本旁
會刻有你的名字

一個

那一個走開了，好像她
懶惰了，是不是
還是另一個
另一個顧著跟貓玩，練習會話排列食物
她說咦我什麼都沒說
是那一個
那一個什麼都沒說
我們非得什麼嗎
不能就吃飯散步睡覺做愛
另一個，或者那一個
打開罐頭服用每一天
的沒有什麼不好

但是對你在等但是
但其實沒有但是
她心情有點壞
她在玻璃書桌寫下透明句子
她嘗試拓印和放棄
她弄丟了字典還是鐘擺
她們不說，不
知道
關於這一個

他們在路邊剪樹

他們在路邊剪樹
掉下一串串綠色叫聲
會痛吧，我想
幫忙張貼OK繃
但OK繃不夠黏
我不夠高
他們用路障電鋸升降機
跟我們修眉的道具略有不同
我是不是該去找阿婆挽面
是不是從此神清氣爽財源滾滾桃花怒放
安全島沒有桃花
我認得微服出巡的杜鵑

但她們灰頭土臉，在淡淡的
或信誓旦旦的三月之前
我說妳們千萬別忘了自己的顏色啊
別跟斑鳩一起飛走了
我承認剪後視野變得敞亮
但這跟樹又無關
說不定它們內心陰暗因爲
空氣好吵因爲鬍鬚會招鬼還因爲
旁邊就有同伴被環狀剝皮連根挖
他們在路邊剪樹
他們在路邊種樹
我想做些什麼
但不知道什麼
119，1999和1919都不管這個
畢竟樹不會打電話

樹只是默默背著抽到的籤
默默把剪掉的時間
長回來
伸出去

藍鬍子家族

妳翻開報紙
掉下兩根手指
打開視窗
滾出一條大腿
他綁架妳
要妳拿妳來贖
千金不換他的疾病嗜好與習慣
妳的耳洞鑄進鑰匙
名字串成手機號碼
妳不可以留下
不可以離開
不可以落單更不可以

跟別人一起
我只要妳只有妳寶貝這不是
很感人嗎
很美麗嗎
愛情多美麗
我的美麗公主她
血像嘴唇那樣紅
骨像月光那樣白
髮像垃圾袋那樣黑
她再也不會長大再也
不用怕變老
我在這裡等她
他在這裡等妳
不見不散
層層砌進城堡的牆

很久很久以前
他們過著幸福快樂的日子

一個時代的結束

——給咪咪，兼致 Z

一朵雲走過去了，那朵雲
走得很慢
走了很久
牠不慌不忙
牠沒有要趕去哪裡
(或許其實有只是
我們不知道牠也就
算了)
不像我們總在查地圖打電話寫日記買衣服
我們看電視[illegible]
我們攬鏡自照

我們看著電視攬鏡自照
牠看著其他男人其他貓來來去去
對我們的便當有時可能不以爲然但始終
保持貴族風度優雅矜持
就連擁擠又寂寞的時候
就連尾巴被拉被火燒也一樣
牠慢慢走過
慢慢飄起
顏色慢慢變淡
浮水印在你家角落
一朵圓圓小小、蓬鬆溫暖的光
走過去了
留下來了

哪吒

媽媽，今天我就
還給你這肉體
我不再欠你什麼
有勞你鎮日追討
尋死尋活
至於那男人
我將不會分給他
我的蓮花
畢竟他只是個必然的偶然
畢竟你我他也是湊巧
絞刑在同一條臍帶
翻滾在同一鍋血水

所以就是今天，好過
十年以後
讓我們終於剪斷過去未來的
所有哭聲和話語
當憤怒和疼痛使我虛弱
當憤怒和疼痛使你瘋狂
你們從不，並不，再也不
擁有我
我的恐懼和名字
我將乘著衆人的呼吸飛升
重新出生
一再出生
直到旋即遺忘
一再遺忘

一年半載

關於時間
我不想感傷，因爲
這話題可以十分尷尬
比方當
他問你
我們會長久嗎或者我夠持久嗎寶貝
當然你可以即席
回答只在乎曾經
如果你欣賞急智歌王並且喜歡鑽石
但我的男人則相當可愛
讓人想養他在
盛滿陽光如新鮮蘋果汁的小島

曠日廢時地研習
某種假裝害羞
吃冰淇淋又不讓它融化的技藝
難免招來若干○○××的眼光，之類
可我不管我要
給我就是我要
海如此透明就像風鈴就像
深處浮潛
每一條游過的今天明天後天和昨天
都不長不短
恰好一天
只要一天
What a difference a day makes
說不定，親愛的這就是
某些人持久的秘密

答客問

有些詩相當濕有些
則比較乾
看得見心虛的茶垢
可疑牽絲
偶爾也意外出現牛肉乾風味
重點在一刀剪出一朵
花
魚和鳥
人人人
或某個字被
複雜的圓形盤旋包圍
展開斑斑空隙同時
換氣

好比半夜削蘋果皮連綿輕盈
拋在鏡前求得
意料之外的答案形成
一顆漂亮句點。這樣
當然退潮速度是個問題
比高潮一完翻身就睡更糟
留下半截尷尬在那裡不乾不濕
只得聲東擊西撐到最後
總之這事十分微妙
不是心誠則靈
沒有百發百中
但當那水突然流過你會
流過些什麼突然
一眨眼消失
一眨眼在此

假單

喉嚨太痛沒法叫床
是不是
就喪失性慾
還是
用大量川貝枇杷膏
可以充當潤滑
甜濃黑暗裡緩緩流動的事
一滴一滴弄髒床單
無益於治病但完全打敗
彩色藥水白色酒精棉診所門口搖搖車
再來一匙好嗎舌頭伸出
黏黏舔過

當然如果你們自備針筒聽診器
又另當別論
張開一些什麼放進一些什麼
偵測熟悉器官的熟悉異變
但我不是說了嗎我喉嚨痛我叫不出聲
我一點也不喜歡沈默被你擺佈醫生
你的要求你的習慣你的反射神經
好歹你要給我
給我啊啊啊我渾身發燙四肢無力
茲此證明病假
乖乖在家
繼續練習咳嗽噴嚏等等
不由自主不由分說的全身痙攣

難言之隱

我眞的很想那個，你知道
眞的很想很想很想
但我的朋友說不要別
不是這時候
千萬別衝動
明明知道我沒什麼長處就是衝動
那麼多人不想那個偏偏哪妳看
他們說我還不是很那個可我
也沒那個呀
合情合理令人氣結
搞得我詩也寫不出來
也不能裝貓成天睡覺

我知道不的理由落落長
反之似乎只有一個
改吃生機飲食會不會有用
水晶洞熱瑜珈芳香療法有沒有幫助
還是我家小狗該換個靈骨塔位
親愛的信箱夫人我好困擾
那個終於逐漸侵蝕我
夢境的保險套
萬一我不小心洩了怎麼辦
這種大人的煩惱一點也不適合我
所以我努力發送籤詩
給任何願意聽的人
天呀來個誰讓我那個吧
你不會後悔的
我知道我不會

事實是，你知道
大家都可以再
更那個一點

特典

九重

林群盛

YEAR ID: 343818524

MONTH: 鈴刻　DATE: 捲流

牛奶色的月光從琉璃綠的樹葉間傾倒下來，空氣瞬間充滿了濃郁的香味。

不過那香味並沒有實際傳送到房間內。你只是吸了吸鼻子，感覺到應該是這樣那樣罷了。

螢幕上放映的是你十多年前，不，也許是二十多年前的片段。你不那麼遺憾的嘆了一口氣，看著無論是十年前還是二十多年前都一樣模糊的影像，簡直像是被時間弓起背來，瘋狂的用爪子塗改過的影像。

畫面上的你正在一個寬大的禮堂內，不太受時間刮磨的鮮紅椅子約略有數百張整齊的羅列著。過度的方正讓你彷彿聞到了巧克力的香味，你又吸了鼻子一下，是個室內過度寒冷的夏季。

你看起來似乎在發呆，整個人去了遙遠的地方，只剩下身體像是有點古板的裝置藝術架在椅子上。

說整個人去了遙遠的地方應該也不是錯覺。沒多久你就清楚的看到螢幕上，去了遠方的你回來了，一個一個。對，不只是一個你，大概有幾百個你從不同的入口進來，甚至有一個走上了講台。而且還是即將發表一個讓人昏昏欲睡的演講題目的那種走路方式。

雜訊。

時間的爪子變的異常銳利，你甚至懷疑是不是聽到了那樣激烈的聲音。

你再次看到螢幕中，原來的你莫名的蹲上椅子，轉身看著後方。

你不知道你在注視什麼，起初。但是不到九秒你就想起來了，清晰的幾乎刺眼的，想起來。

你在看著她。

螢幕內外的你同時歪著頭。

你想著。她為什麼會出現在那邊呢？

門鈴響了。

被中斷回想的你轉身去開門，門外並沒有任何人。但你聽見了下方傳來微弱的鳴聲。你下意識低下了頭，看到門前放置著一個開啓的紙箱，紙箱內是一個毛茸茸，有著海洋色大眼的動物，略略的抖著三角形的耳跟身體，持續的對著你叫喚。

你花了一秒皺眉，然後再度歪著頭思考下一步該怎麼辦，箱子內像是捲的很俐落的毛線團的動物持續對著你叫喚，沒多久你覺得那個叫喚聲似乎是兩個聲音重疊起來的，望回室內的螢幕，果然螢幕出現的是一分鐘後的你，正抱著紙箱跟繼續叫喚的毛線團往外走，似乎是要打算放置到廣場上去，那邊來往的旅人多，說不定會有個愛護毛線團的誰經過吧。

你轉回頭盯著毛線團，起身抱起了紙箱，可能有點遲疑的跨出門外，你動作越來越遲緩，跟螢幕上顯示的一分鐘後的，動作俐落到像是快轉影像的你感覺越來越不相似。

第59秒。

你關上門，把紙箱跟持續叫喚的毛線團放下，抬起頭來的你發現，螢幕上只剩下雜訊。

你有點驚訝，不過那顯然不重要，你得去找牛奶給毛線團了。

YEAR ID: 684845432
MONTH: 木辮 DATE: 紅霓

Y，每次走過被海風磨的閃閃發亮的鐘塔下，就會不經意的想起妳。

在不一樣的時間，我們都來到這個遙遠的國度。每當到了下午，整個城鎮就會不約而同的散發出烤餅乾的香味，像布丁一樣的小孩子接著從城鎮旁邊的小山坡滾下來，Y，我坐在附贈獅尾草香味的木椅上，想著大概十年後的妳也會在同一張椅子上看著同一張風景。

我用食指敲打著桌子，剛好是妳十年後，因爲不小心而讓羽毛筆尖劃破了紙，沾上墨跡的位置。

Ｙ，後來我搬到了妳十年前定居的城市，那裡，果眞如妳描寫的，是一個我不太適合，但是遲早會迷戀的城市。

Ｙ，下弦月首先像拉鏈般拉開了夜晚，灰色毛衣在天空巡遊，Ｙ，妳的指甲在棉被上留下了口吃的痕跡，禿鷹一樣飛起的棉絮，Ｙ，隔壁傳來花瓶在地上碎裂的爆音，檯燈似乎兇猛的瞪了我一眼，Ｙ，那是因爲南瓜在敲門，老鼠正在整理領結，或許還有兔子在看懷表，狼露出了情慾般銳利的牙齒，沒關係，Ｙ。

因爲也許有這麼一天，我會花個九分鐘把這一切打包好，也許就這樣塞進一個紙箱，也許就那麼放在隔壁的門前，按個門鈴走掉。

然後再回去那個鐘塔下，跟帶著海水香味的妳相遇。Ｙ。

YEAR ID: 546816546
MONTH: 獅咬 DATE: 曜星

很久很久以前，在一個遙遠的精靈王國裡，有一個漂亮又可愛的精靈公主。

因為精靈公主個性善良，還有一雙水藍色的漂亮眼睛，大家都喜歡她。

但是，黑暗的森林內，壞心的巫婆非常嫉妒，對精靈公主施了非常可怕的法術。

精靈公主一下子變成了小小的動物，沒辦法站立著，只能用四隻腳走路，身上也長出了短短的毛跟尾巴，頭上出現了三角形的耳朵，只有水藍色的漂亮眼睛保留了下來。

壞心的巫婆笑著告訴變成動物的精靈公主說：

「除非妳可以找到一個真心愛妳的王子，並且給妳一個吻，否則妳就永遠，永遠只能保持這副模樣了」

傷心的精靈公主逃離了王宮，逃離了精靈王國，來到陌生的國度，不斷的流淚。

只有在月亮出來的夜晚，精靈公主會因爲魔法的力量減弱，在非常短暫的時間回復原形。

流浪的日子非常的痛苦，變成動物的精靈公主往往無法得到人們的善待，就算偶爾有溫柔的人收留了精靈公主，日子也非常短暫，馬上離別的日子又來臨了。

失望的精靈公主放棄了最後一線希望，連月亮出來的夜晚也不願意變回原形了。

直到有一天，疲倦又飢餓的精靈公主，來到另一個陌生的城鎮，遇到了一個好心的少年。

少年收留了精靈公主，並且細心的照料她，過了一段時間，精靈公主終於願意用她漂亮的水藍色眼睛，好好的看著這個一樣有著短毛的少年。

精靈公主想，雖然不知道這個少年是不是王子，不過現在這樣也不錯。

於是，終於停止流浪的精靈公主，跟短毛的少年，從此便過著幸福快樂的生活。

Fin

YEAR ID: 841534312
MONTH: 鏡染 DATE: 誘華

沒想到會突然寫信給妳。

那麼，最近好嗎？

感覺上是個沒有才氣的開頭，哈哈。

也許該把妳以前寫的信拿出來翻翻，我想一定會湧現許多感人又帶些史詩色彩的主題，說不定還會有天才光環的開頭，但是以前我們討論過，覺得看以前的信件應該是少數在排行榜名列前茅的蠢事之一。所以還是算了吧。

聊聊我的近況好了。

怎麼感覺這種變換主題的方式真像極了缺乏題材的漫畫家常做的事。

唉啊，不管了。

總之，目前來到一個充滿蜥蜴跟仙人掌的國家，雖然稱不上沙漠，不過放眼望去眞的都是帶點咖啡冰砂色彩的風景，焦糖色的山，完全沒有一片雲，像是水色雞尾酒般透明的天空，啊，這樣說突然好想喝冰冰涼涼的東西，或是大咬一口刨冰感覺一下激烈的頭痛都行。

眞的是很熱的地方。如果用墨水筆寫信給妳，應該在第一個字的第九個筆劃，墨水就乾掉了吧。

可能是因爲這樣的環境，鎭上的人不多，起碼在路上很難得看到第二個人，嗯，不過倒是有不少蜥蜴在路上賽跑。而且還會用很睥睨的眼神看我一下，這點我一定要告狀一下。

夜晚十分安靜，經常會有這個鎭上只有自己的錯覺，不過這樣的錯覺太無聊了，可能連三流的小說家都不願意用這樣的說法吧。

但是，如果很幸福的話，三流也可以，我是眞心這麼想的。

偏題了。

啊，來說說我的鄰居好了。

鄰居也應該是跟我一樣，從不同的國度來的吧，感覺是一個不太愛說話的人，嗯，事實上，以前我覺得他還頗冷酷的，打個招呼也不太正面回應你這樣。有點討厭。

直到那件事發生之後。

那一陣子聽說會有被放置在紙箱裡的動物突然出現在門口的神秘傳聞，然後如果有人帶回去養了，過一陣子又會消失，再度出現在另一個人的門前，這樣的傳聞。

哈哈哈，這樣說來我自己當初也覺得是胡說八道，一定是養到一半後悔了，然後又偷偷塞到誰家的門口罷了。

結果有這麼一天，箱子就出現在我家門口了。

雖然社區公布欄希望我們通知處理，不過誰會拒絕這麼可愛的小東西呢?光是看著水汪汪，藍寶石般的眼睛，誰都會想佔爲己有吧?

然而，大概不到一個禮拜，眞的不見了。

我做了許多確認，門窗各種可能出入的地方都徹底的檢查過了，眞的是憑空消失了。

這樣說我想妳也很難相信啦，不過沒辦法，我也不願意寫出這種貌似失敗的科幻小說，反正就是不見了，還讓我沮喪很久。

大概是又過了一個月吧？某天早晨，我目睹我的鄰居抱著箱子往外走，向著外面炎熱的廣場走去，箱子內可不是那個可愛的小傢伙嗎？我驚訝到連一步都走不了，等等，這是怎麼回事，爲什麼箱子會出現在他家門口？還有他打算把可愛的小傢伙丟掉嗎？我可不能原諒！

對，我可不能原諒這種事！把我的小公主還回來！（抱歉，那是我私底下取的名字，哈哈）

我追了上去，說也奇怪，廣場上空蕩蕩的什麼都沒有，鄰居不見了，箱子跟小公主也不見了。

才不到一分鐘，沒道理跟丟啊？我下意識的回頭，卻發現本來應該打開的鄰居的門居然是關起來的，簡直就像是一開始就沒打開過一樣。

我揉揉眼睛，是我還沒醒嗎？納悶的我站在鄰居的門前，遲疑許久，還是鼓不起勇氣敲門，最後只能懷抱著毛茸茸的一大團狐疑回家了。

爲什麼要突然在信中跟妳提起這個呢？我也不曉得，也許是這種事情只能跟妳分享吧？像以前一樣。

不過當然故事還沒有完。

昨晚我聽到了。

隔壁傳來了小公主孰悉的叫喚聲。孰悉又清晰。我不自覺笑了，我想妳知道我的意思，我也是這麼想。

隔了那麼久之後，今天早上我再度跟鄰居打了招呼，雖然可能是錯覺吧，他的回應不再像以前那麼冷淡，是一個跟沙漠相應的，有溫度的微笑。

妳也許又要說那眞的是錯覺，不過眞的無所謂了，我眞心的相信三流小說般的錯覺。

那麼，期待妳的明信片。

Love，鏡染／誘華／841534312

YEAR ID: 456598411

MONTH: 弦暮　DATE: 夢蕊

S1

主角房屋外，夜晚

△主角房屋外遠景，有月光照耀。

SE：蟲鳴

S2

主角房屋內，夜晚

△走廊，睡房門口

S3

主角房間內，夜晚

△特寫時鐘上顯示的數字

△主角房間遠景，主角睡在床上，旁邊睡著一隻小動物
△主角熟睡的臉部特寫
△窗戶中景，有月光照進來
△特寫小動物的臉部，小動物突然張開了眼睛
△小動物悄悄的起身，小心翼翼的下了床
△小動物主觀視點，鏡頭由左至右PAN
△轉暗
SE：很輕微的開門聲

S4
主角房間門外，夜晚
△門關上
SE：很輕微的關門聲
△突然出現奇妙的光芒，散出不同色彩的細微光點
SE：魔法音效

S5

主角房屋內，夜晚

△走廊中景，慢慢Zoom in

SE：木質材料的輕微磨擦聲

S6

主角房屋內客廳，夜晚

△掃帚跟地板的特寫

△一個漂亮的女生在掃地的中景

△握著掃把柄的手指的特寫

△鏡頭往上PAN

△女生的臉近景

△特寫女生的眼睛，是透明的水藍色

S7

夜空，晚上

△滿月的夜空，中景

S8

主角房屋內客廳，夜晚

△女生繼續整理客廳的背影，中景

△折衣服的手特寫

△特寫側面的臉，看起來很賣力的感覺

S9

主角房間內，夜晚

△主角躺在床上的鳥瞰鏡頭

△鏡頭由床頭PAN向另一端

△主角熟睡的側臉特寫

△主角突然睜開了眼睛，但是身體沒有動，長鏡頭

△Fade in

YEAR ID: 268764163

MONTH: 皇炎 DATE: 千縫

1【喵】

警戒，提防的

2【喵呼】

好奇，引起注意的

3【喵喵】

觀望，保持距離的

4【喵喵喵】

食物，吃，有品味的進食行爲

5【喵喵喵】
水，蜂蜜，奶，甜點的象徵
6【喵嚕嚕】
溫暖，擁抱的
7【喵呼喵】
月亮，有月亮的晚上，月光照耀到的東西
8【喵呼嚕嚕】
撒嬌，蠻橫，小心眼的
9【喵】
快樂的，幸福，滿足的

YEAR ID: 138434357
MONTH: 雙尾　DATE: 葉百

「選擇本身沒有好壞可言」

『有的只有選擇之後的』

YEAR ID: 758341847

MONTH: 織蜜　DATE: 魚飛

我其實是知道的。

每個人都有秘密，也都有一些無法說的清楚的過去。雖然妳沒辦法說話，可是我懂。

我相信我懂。

受的傷害越大，這種自信就越多。

每到午夜，妳就會悄悄起床，雖然妳以爲我眞的睡熟了，其實我一直都清醒著。

我聽著妳不發聲音的跳下床，非常小心的推開門，雖然沒有跟著出去查看發生了什麼，不過我猜想妳應該是在整理客廳，擦擦地板，折折散亂的衣服，或許還順手打了蠟。

其實說猜想也太多餘了，每天看到一塵不染的地板，光潔的窗櫺，本來應該散亂的衣服跟書本都被收整齊了，用過的水杯也洗乾淨擺回原位，就算是笨蛋也會發現的。

我經常想，爲什麼妳要這麼做呢？其實妳也可以不用這樣的。

當然有更多個數不清的夜晚，我忍不住起身，推開半掩的門，想要看看妳這時候的模樣，雖然只能看到月光投射過來的妳的身影。

也有很多數不清的白天，我幾乎忍不住想開口問妳，爲什麼要藏掩自己晚上的樣子呢？

我在每一個那樣的晚上跟白天，眼睛張開而妳不在的每一個瞬間，重複的問自己，就好像每場戀愛都會出現的自問自答。

我抱著妳，「我說啊……」，妳聽到我說的話，抬起頭看著我，

「妳……」

『喵嚕嚕？』

妳水藍色的眼睛瞬間把我要說的話溶解掉。

「嗯……」

『喵，喵，喵，』

算了，今天又不是時候。

也許等今晚，一個那麼誘人的時間，我會眞的把門把直接轉開。

或者，另一個夜晚吧？

YEAR ID: 935428761

MONTH: 酒天　DATE: 瞳綠

嘿，不好意思打擾一下，對，就是妳，咦？別走嘛！

噯，眞的只有一下下而已，別走的這麼快嘛！

放心，我不是要賣什麼東西，也不是什麼可疑的人，只是要跟妳分享一些東西。

唔，怎麼又走了，放心，不是什麼見不得人的東西，也不是危險的藥，看？沒什麼啦，就是這樣一個平凡的箱子罷了。喔，小心，妳這樣盯著她看，會嚇到她的。

妳問我要做什麼？嗯，眞的沒有什麼，只是想看看妳喜不喜歡，喜歡的話就給妳，就這麼單純。

當然是眞的。妳拿了就可以走了，我不會跟妳要什麼的。

嗯。當然妳願意的話，我再奉送一個故事好了？

放心，不會耽誤妳太久時間的，畢竟這個故事也沒有好到可以講一個晚上，不，一千零一個晚上，哈哈哈。

不好笑？哈哈，不好意思。

嗯，從前從前，有一個平凡的少年，撿到了一隻貓，可是呢，這隻貓原來是一個被施了魔法的公主，

唉啊，別走啦，雖然開頭聽起來很乏味，可是就快說完了，忍耐一下啦！

每到了月圓的時候，公主就會恢復原形，然後就悄悄幫少年整理家

裡，洗洗碗盤，

是眞的啦，別露出那種臉色，我沒有那種癖好，眞的。

少年沒多久就發現了，起初少年裝睡，藉著聲音來猜測公主的行動，後來禁不住好奇的少年終於偸看公主，發現了公主眞正的樣子，

嘿，講到這裡妳應該也猜到了，哈哈哈，被妳這麼一說眞的有點不好意思，什麼？我爲什麼要不好意思，喔喔，也對，跟我沒關係，總之少年似乎愛上公主了，眞是一點也不令人意外的展開啊？

於是少年決定在一個夜晚，揭發這件事情，並且跟公主告白，

怎麼樣？最緊張的關鍵要來了！

咦？怎麼走了？等等啊，故事最精彩的就要來了啊！

喂！不要用跑的啦！好啦好啦，跟妳說喔，要好好對待她喔，另外，秘密是不可以……（漸弱）

咦？怎麼走了？等等啊，故事最精彩的就要來了啊！

怎麼樣？最緊張的關鍵要來了！

於是少年決定要永遠裝作不知道這件事情，永遠保守這個秘密，就像

不可告人的初戀一樣。

嘿，講到這裡妳應該也猜到了，哈哈哈，被妳這麼一說眞的有點不好意思，什麼？我爲什麼要不好意思，唉啊，這不重要啦，總之少年居然愛上公主了，眞是令人意外的展開啊？

少年沒多久就發現了，起初少年裝睡，藉著聲音來猜測公主的行動，後來禁不住好奇的少年終於偷看公主，發現了公主眞正的樣子，

是眞的啦，別露出那種臉色，故事本來就是這麼一回事啊。

每到了月圓的時候，公主就會恢復原形，然後就悄悄幫少年整理家裡，洗洗碗盤，

唉啊，別走啦，雖然開頭聽起來很乏味，可是聽完妳一定不會後悔的啦！

嗯，從前從前，有一個平凡的少年，撿到了一隻貓，可是呢，這隻貓原來是一個被施了魔法的公主，

不好笑？嗯。的確是這樣，算了，回到正題吧。

放心，不會耽誤妳太久時間的，畢竟這個故事也沒有好到可以講到一

千零一個晚上，哈哈哈。

嗯。當然妳願意的話，我再奉送一個故事好了？

當然是眞的，妳拿了就可以走了，我不會跟妳要什麼的。

妳問我要做什麼？嗯，眞的沒有什麼，只是想看看妳喜不喜歡，喜歡的話就給妳，就這麼單純。

唔，怎麼又走了，放心，不是什麼見不得人的東西，也不是危險的藥，看？沒什麼啦，就是這樣一個平凡的箱子罷了。等等！別這樣盯著她看，會嚇到她的。

放心，我不是要賣什麼東西，也不是什麼可疑的人，只是要跟妳分享一些東西。

噯，眞的只有一下下而已，別走的這麼快嘛！

嘿，不好意思打擾一下，對，就是妳，咦？別走嘛！

日光夜景

作　者：嚴韻
美術設計：黃暐鵬
活字排版：林金仁、黃保安
印　刷：日裕印刷有限公司（內頁）
　　　　崎威彩藝（封面）
出　版：嚴韻
初　版：二〇一〇年一月
定　價：三二〇元

日光夜景／嚴韻作。
——初版——台北縣新店市；嚴韻2010.1
面；公分；

ISBN 978-957-41-6648-0（平裝）
851.486 98017116